自分を崇拝できたとき、本当の愛と自由に気づいた

月影メイサ
TSUKIKAGE MEISA

幻冬舎 MC

自分を崇拝できたとき、
本当の愛と自由に気づいた

はじめに

「凪の時代」という言葉を耳にするようになった。

個人は全体に同調しなくてはならない、はみ出してはならないといった時代から、多様性の在り方や個性を出すのが良いとされる時代に変化を遂げているように思う。

私もこの数年スピリチュアル系の書籍や動画を目にするにつれ、ありのままの自分を表現することの重要性や、自分を好きになることの大切さを学んだ。

そして、辛いことが多く、自分の気持ちを抑え我慢するしかなかった過去を振り返るに至った。

過去を見つめ直すのは大変だったが、お陰で、これからは誰の目にも怯《おび》えず、自分を愛し、堂々と生きていこうと思えるようになった。

私は決して平坦ではなかった半生を記すことによって、日々自由がなく息苦しさを感じている方や、家族の思いと自分の在り方で悩んでいる方に向けて、少しでも生きる勇気と希望を持ってもらえたら、という思いを伝えたい。

目次

幼少期の孤独

幼い頃の自分の写真を見ると、どれもなぜか何かに耐《た》えているように口元をくいしばった顔で写っている。

小さい頃から理不尽な思いを感じていた。

物心ついた時に嫌だったこと、それは父の弱い気質、酒乱の状態、父と母のいさかいだった。

父と妹に私の容姿のことでからかわれたこと。その時の怒りと悲しみ。

小学校では親友と呼べる子はいたが、その子にも容姿をいじったあだ名でたびたびからかわれた。

自尊心が傷つき、すべての悲しみや虚しさをねじ伏せて、ふたをして生きていた。


唯一好きだった読書も、母親からは勉強のほうが大事だと否定された。

「親なのに、自分のことを認めてくれないんだ」と思った。そこで初めて幼いながらに母親への反感を持った気がする。母親を過保護だと思うことも多かった。


友達の家に招かれて泊まることや、高校生になって、友達同士で上京し、コンサートに行くのも母親に反対された。

結局、反対を押し切って出かけたが、友達には道中、そんな暗い顔をしないでくれと言われるはめになった。

「何故うちばっかり」と、母親への反感が募った。

この頃から家庭の中に息苦しさを感じていたのかもしれない。

二歳下の妹とも常にケンカばかりしていた。勉強ができないことではなく、姉妹ゲンカで親に怒られることが多かった。

小さい頃から父親と妹とはそりが合わなかった気がする。

高校の通学も途中の駅で乗り込んでくる他校の生徒に目をつけられ、私はいじめを受けていた。その二人組は、私のスカートの裾をこっそりめくってはあざ笑うのである。

それが毎日続く。私には地獄の時間だった。

一応、小学校、中学校から一緒の仲間である三、四人で固まって乗車するが、私はその中で「はぶかれ者」であることを見事に見抜いてのいじめだった。

だから私は仲間に助けをもとめることなく、やり過ごすしかなかったのである。

中学生活最初の一年は人生で最大に楽しい時期だったように思う。好きな先輩のいる剣道部に入部できて、片思いをしたり、英語の勉強に夢中になったり……。親友Mとも仲良くしていて、自分にはバラ色の人生の一時だった。

私は人前に出ると極度に緊張することがあった。特に何かの発表などは苦手だった。

給食の時間は社会不安障害（後にわかる）で、一口二口食べてはほとんど残すということをしていた。

高校生活の中で良かったこともあった。私の笑顔で癒されると、同級生に言われるようになったことである。容姿も人より劣っていると思い込んでいる自分には、何故好感を持たれるのかわからなかった。

下校時も電車内の人の視線が恐く、下を向いて寝たふりを決め込んでいた。

通学が苦しかった。

進学は東京の大学に行きたかったが、親に「下の子がいるんだからお金をかけられない」と言われ、地元の短大に行くことになった。頭が良くなくても入れるレベルだった。

つるんでいたクラスメイトにも言われた。自分でバイトしてでも好きな大学に行けばいいいんじゃないか、と。でも過保護に育てられた自分がそんなハードな環境で生きていけるとは到底思えなかった。

こうして地元の短大でのんびりした学生生活を送った。

電車など公共機関のものに極力乗りたくなかった私は、父の車に乗せてもらったり、メンヘラのクラスメイトの車に乗せてもらったりして通学することが多かった。

この時は自分が社会不安障害であることに気づかずにいたが、たまに駅構内ですれ違う他人に白い目で見られたり、「臭そう」などと聞こえよがしにあざ笑われたりすることがあり、自尊心を傷つけられ、公共の場にいることが恐怖となった。

また自分の容姿のコンプレックスが幼い頃よりましてひどくなった。

この頃、アルバイトもいくつか体験した。

短大の最寄りの駅近くにテイクアウト専用の寿司店のチェーン店があり、レジ担当でバイトをしたが、ベテランのおばさんたちからはまるで全員私を憎んでいるかのように対応されて辛かった。

工場のバイトは楽しかった。単純作業だったが、私には合っていた。私のやる作業が認められて嬉しく感じた。

短大の帰宅途中には、母方の祖父母のところに寄った。

祖父母のことは大好きだった。特に祖母は私に優しく、幼い頃からとても可愛がってくれた。初孫だからだそうだが、祖母は姉妹ゲンカの時も私の肩を持ってくれて、嬉しかった。

たぶん、祖母も長女ということで厳しく育てられたからだと今は思う。

短大の時のこの工場でのバイトが、後の仕事の選択に影響を及ぼしていた。

二年になるとすぐに就職対策で父のアドバイスもあり、公務員試験の勉強をするようになった。周りの英語科のクラスメイトは海外留学希望だったりしたが、うちはもってのほかだったことは言うまでもない。

メンヘラの友達は意味もなく歯医者で歯をけずってきたり、車で急な峠をすごいスピードを出して帰宅するような子だった。

その子の口癖は「いつ死んでもいい」だった。自分のことが嫌いなようで、よく「○○さんになれたらな」とか、私に「○○ちゃん（私）でもいいよ」などと口走ることが多かった。

どこか自己肯定感の低いところで、その子に自分を見ているような気持ちで一緒にいたのを覚えている。

三月。私は就職氷河期の時代に無事公務員試験に合格し、その年の四月から市役所の職員になることが決まった。

一次の公務員試験（筆記試験）は受かったが、二次の作文はうまくできなかった。市長のドライバーをしていた父方の親戚のコネがなかったら、公務員になれなかっただろう。

大好きな祖母はその年の春休みに大腸がんで亡くなった。公務員になったことを知らせたらきっと喜んでくれたに違いない。

「母の支配」と「プライドを捨てた働き方」

晴れて市役所職員となり、自分一人のアパート生活もできるようになった。しかしそのアパートも母親が合鍵を持つと言い張った。何故子供を支配しようと思うのか、ここでも母親への反感、不信感を覚えた。男性を連れ込んだら困るとか、心配なのか、そこまで娘を信用できないのかと。

会計課の仕事は新人として覚えなくてはならないことが多かった。隣の上司にあたる課長補佐は私には口うるさく疎《うと》ましい存在だった。

その男性は胃が弱く、呼気が臭《にお》って余計に嫌いだった。

また当時は現在と違って、みな職場で平気でタバコを吸ってもよい環境だった。会計課には議員がよく来客するのでお茶出しが欠かせない。女子が二人だけのため分担はするが、常に皆のお茶出し、当時はポットの時代、灰皿を洗うなどが仕事といえど煩わしくて仕方なかった。

仕事も覚えてきて楽になった二年目の秋に、私はこのまま公務員で田舎暮らしという自分の状況を「どうしても変えなくては！　一生このまま、他の土地、他の職業を知らずにいくのは自分の人生、何か違うのではないか」という思いで、周囲の反対を押し切り公務員を辞める選択をした。

今でもそれは間違っていなかったと思う。

私は住まいも保障されている職を探した。貯金は全くなかった。

旅館のフロントをしたいと言ったら、母親には顔を平手打ちされた。

それほど、私は悪い選択をしているのか？

私には訳がわからないのと同時に、絶対的な存在だったはずの母親への反感と不信感がさらに増し、母親を敵視するようになった。

それまで表向きは反抗期もなく、親にはむかうことはなかった。

親の意見には絶対に背《そむ》けない家庭環境だった。


その後フロント職には就かず、リゾートバイトは見つけたが、住環境がとても受けつけられずに諦めた。そして工場の派遣社員の仕事を選んだ。

いわゆる現在でいう、切り捨てやすい契約社員である。

決め手は会社の寮もあり、通勤も楽だというところ（寮から工場までバスが出ていた）。

自分には自由になるためのステップだったのだ。

私の育った家庭環境は（他の家庭のことは知らないが）、父にも母にも反発したり、自分の意見を主張したりするのはご法度《はっと》だった。

父は自分にはむかうなら、母にも娘たちにも家から出ていけというスタンスの人だった。だから小さい頃からねじふせてきた怒りや悲しみ、息苦しさというものが、ここで一気に爆発したのだった。

先行きの不安よりも、「もういい！　ありのままの自分でいられる居場所を見つけるんだ、自分の人生を生きるんだ」という気持ちにあふれていたのを覚えている。

派遣会社の寮は2DKで、他人と一部屋ずつと、共有でキッチン、バス、トイレを使った。気を使う生活だ。最初の頃は自炊もせず、買ってきたもので済ませることが多かった。

当時その会社で私を担当していた三十代後半の既婚男性は、面接当初から私になれなれしく、次第に男の欲望を見せるようになってきた。私が処女であるのをどこで見破ったのかどうかは知らない。他の女性の派遣社員には黙っていろと口止めして、私に関係を迫るようになった。ある時は車中でフェラチオを要求され、仕方なく従った。

初めての経験だったが臭うそれを口にし、とても嫌な気持ちと女としての興奮とでないまぜのような感覚を覚えた。

高校・短大とほとんど異性との恋愛経験がなく、いきなり性に目覚め、プライベートでオナニーすることも増えた。

容姿にコンプレックスを持っていた自分は、初めて男性に好意を持たれている状態に舞い上がっていた。しかしその男性と最後までいくことはなく、三カ月でその会社を辞めた。

なぜか長続きしなかった。知らない人との共同生活になじめなかったのも理由の一つだ。

そこを辞めてしばらくして、同じ派遣会社に入り直した。その男性のことがまだ好きだったので、彼が単身赴任で住んでいる寮におしかけた。夜遅くに戸口で彼の帰りを待った。

彼は驚いた様子だったが、中に通してくれた。私はすでに関係を持つ覚悟で部屋に入った。初めてのセックスだったが意外に痛くはなかった。生理中でもあったので、行為中に鮮血があふれた。

忘れもしない。彼はそれを見て一言、「ばっちい」と言った。

一気に恋心が冷め、感情が怒りと化した。

こいつは私を辱《はずかし》めた。私の尊厳をぶち壊したんだ。憎しみがあふれてきた。怒りを抑えたまま朝を迎え、寝ている彼を残し寮に帰ったのだが、私は彼を許せずこの秘密の関係をばらそう、会社に告発しようと心に決めた。

私は「性暴力を受けた」とその派遣会社に告発した。私をないがしろにした彼に、なんとかダメージを与えたいという一心だった。

会社は慌てて一人の女性社員を私にあてがい、ビジネスホテルに一泊させるという措置をとった。一応私をなだめようとしたのである。

彼の処分は「異動させる」とのことだったが、本当にそうなったかは定かではない。私はすぐにその会社を辞めた。

結局、この件は恋愛でも何でもなく、彼にとって都合の良い女にされただけのことであって、私は内心深く傷ついた。

この件の後は実家に帰り、今度は実家から通える就職先を探していた。

近所に製造系の会社があって四カ月勤めたが、程なくして辞めた。一応事務職だったが、社長のセクハラに遭い、嫌気がさした。

次に勤めたのが掃除関連の会社だった。そこで一緒だった既婚の男性社員も私を口説こうとしてきた。

私の足が細すぎず、タイプだと言っては、仕事の合間にバックハグしてきたりして、男性経験の少ない私は心がときめいた。

私は、帰宅はその男性に車で送ってもらうことを期待した。電車通勤は苦痛だったから。

一度その男性とホテルに入ったこともあったが、「可哀そうだからそういうことはしない」と彼は言って、体の関係を持つことはなかった。

その後、自宅の最寄り駅まで送ってもらったが、何故か目を付けた母親が、帰宅時間について電車が遅れたという私のでまかせを不審に思い、問いただしてきた。

「友達のところに寄っていた」という嘘も、その知人に電話を掛けられ、母親はどういうことかと詰問してきた。

「何なのだろう。うざい」

私は息苦しさに悲鳴をあげそうに感じた。

やはりこの土地を離れ、自由に親の干渉を受けずに生きていきたい。

私はまた覚悟を決めた。しばらくは近場で仕事を探し、就いては辞めてを繰り返した。

この頃コンプレックスだった一重の目もプチ整形で二重に変えた。

少し自信がついた頃、女性誌の裏表紙に寮のあるバイト（風俗系）を見つけ、そこに「自宅近くまでお迎えに行きます」と書いてあったので、後先考えずに応募した。

たいした所持金がなくても迎えに来てくれ、交通費がかからず仕事に就ける。

こんな都合の良い話はないと思った。でも世の中を知らないというのは本当に怖ろしいことだった。それはピンサロのバイトだった。

天橋立の近くにあり、寮というのはきれいな１ＤＫのシングルルームだった。店に前借りして食べる分はなんとか足りた。

仕事は客に胸をもまれたり、性器をまさぐられたりしながら、フェラチオをしなくてはならなかった。

ある時、辛くて店の裏で泣いていたら、店長に「他の女の子もこの仕事を好きでやっていると思うのか」と怒られた。

そこから内緒でＦ市の同じくピンサロに同じ手を使って逃げた。そこでも仕事はたいして変わらなかった。

ただ**生きていくにはプライドを捨てないといけない**と思っていた。

その頃は借金があったからだ。その借金を返すために、「いやでも頑張れ」と店からは言われていた。

借金というのは、公務員時代に便秘や肌荒れに悩んでいて、美容にいいと勧められた高額なサプリや化粧品などで組まされたローンがあって、総額は今は忘れたが、ブラックリストに載っているので、他のカード会社で借金できないほどの額だったことは覚えている。

そのF市のピンサロから逃げるようにしてM町のピンサロに流れた。昼間のまともな仕事には就けなかったから。そこの待遇もたいして変わらなかった。

肌を露わにした服装で音楽に乗り、ダンスをして客の興味をそそる。客は酔っぱらったりして、アレがなかなか立ってくれない者がほとんどで辛かった。

生きていくには仕方ない。借金があるから仕方ないのだと自分に言い聞かせていた。

ある日、店の支配人が私を見初めて、いきなり本番を強要してきた。私は逆らうこともできずに受け入れるしかなかった。

今は「辛かった状況に対して、自分が自分のことを大切に思っていなかったから、赤の他人にそれ相応に扱われたんだ」と思うようにしている。

そんな中、その店で一人の客が連絡先を教えてくれた。それが初恋の男性との巡り会いだった。

私のどこが気に入ってくれたかわからないが、彼は私を指名してくれるようになった。

彼に頼み込んで、風俗から足を洗う、いわゆる「夜逃げ」の手伝いをしてもらうことになった。

昼の仕事は製造の派遣会社をすでにリサーチ済み、面接済みだった。

私は大きい一人用の遠赤外線サウナを持っていて、それを持ち出すのは大変だったが、彼は嫌な顔をせず手伝ってくれた。

その彼がいてくれて、私は本当に救われた。

今振り返ると、神様は本当にいるのだと実感できる体験だった。

その彼とのデートは楽しかった。海釣りに連れて行ってくれたり、県外に旅行に連れて行ってもらったり。ドライブは長距離でも苦ではなかった。

彼はヘビースモーカーで窓が真っ黒になるくらいだった。また彼はお酒が好きで、グルメだったので、おいしいお店によく連れて行ってくれた。


外国人の多い派遣会社・Aに入ったのもその頃だった。最初は夜勤で、工場には自分で自転車を走らせて、夜更けに山道を通った。若かったからできたことだ。

仕事は単純作業で、ブラジル人と一緒で、ラテンの曲をかけながら楽しく、どちらかというと自由にやっていた。
二十五、六歳に差し掛かり、彼はご両親に会わせてくれ、「もしかしてこれは結婚もありうるのか」と私は期待した。しかし、私の仕事が夜勤から昼勤に変わり、人間関係にも疲れ始めた頃、別れはやってきた。
三十歳手前の彼は、「役職がもっと上にいかないと結婚できない。独り立ちはまだできていない」と言って、結婚について煮え切らない態度に私は嫌気がさし、この恋に見切りをつけた。ゴキブリの出る汚い寮にも、もう我慢できなかった。

また地元が恋しくなった。

あんなに嫌だった実家に帰りたくなるなんて、今振り返ると自分は甘ちゃんだったなと思う。でもいろいろな経験を得られてよかったんだ。自分の人生にこれらの経験は必要なことだったんだと今は納得できる。

私は社会の底辺を知る必要があったのだ。

そこから初めて気づくことがある。


なぜ父親はあんなにも公務員の仕事を私に勧めたのか。

父親自身が経験上「お金を得ることは甘くない」と感じていたのではないか。

公務員の仕事が安定していて子供にとって良い道なのだと、私のためを思って勧めてくれたのだということに初めて気づかされた。

私への愛があったからこそ、そこには親心があったのだと振り返り、今は父親への感謝の思いでいっぱいになる。

幼い頃からどこか冷たく感じた父親に対する見方が変わり、彼もちゃんと一人の親として頑張っていたのだと思えた。

初恋の相手でもあり、恩人であるその彼とはひどい別れ方をした。

レタス生産地でのバイト先にわざわざ彼を呼び出し、別の人を好きになったからと一方的に振った。

そしてS市にあった寮の後始末をさせてしまった。夏場でチンチラを飼っていたこともあって、臭いがひどかったと言われた。

彼は何か思うところがあったのか、愚痴一つ言わず、別れ際は最後まで優しかった。

後から聞いた話だが、私の母は彼のことが好きだったらしい。父にも母にも会わせたことがあり、皆でお酒を飲んだりして、楽しく過ごしたこともあったから。

でもその時は、またもその彼にとって、私は都合のいい女なのではないかという気持ちに陥り、別れを決めた。どこかトラウマもあったのかもしれない。

心を許せたその彼とのことはいい思い出ばかりしか記憶に残っていなくて、感謝の思いでいっぱいである。

別れの後は、二年ほどリゾートバイト（旅館の仕事）を試してみたが、体力仕事が合わなくて、実家にも戻りたくなく、今度はM県S市のピンサロに応募した。自分でも本当に懲りていないないなと思う。

そこでの客、しかもかなり年下の客の家に転がり込み、数日過ごした。

その人には彼女がいると聞いていたが、彼とのセックスは最高で、体の相性が良く、あまりの気持ちの良さに二人で快楽に溺れた。

この頃は避妊もしていなかったのに、よく妊娠しなかったなと、今振り返って驚く。

確かに、私はいろいろな見えない存在に守られていたのだと確信している。

結婚、離婚、そして再婚

その後、リゾートバイトや寮生活がうまくいかず、実家に帰った。程なく、昔バイトしていた工場の正社員となり、人間関係に悩みながらも勤め続け、一人暮らしも続いた。その間、結婚相談所にも登録した。三十歳間近の私は、結婚に向けて焦っていた。

工場の職は結局一年四カ月ほどしか続かず、辞めた。結婚をして、母のように専業主婦になるのが、普通の女性の幸せだと思っていた。だから、結婚相談所で見つけた相手で初婚の夫Sとは、少しつきあっただけですぐに籍を入れた。

Sは友人からイケメンだとよく言われた。Sは当初、「結婚しても仕事は続けたら」と言ってきたが、私には一時間以上またトラウマのある電車通勤をすることは念頭になかった。

Sとつきあうにあたり、印象的だったことがある。デートに出かける時だったが、はしゃぐ彼の目の輝きに狂気を感じたのである。本当に一瞬だったが、私は異常に感じた。

後にわかることだが、Sはその頃ひそかに精神科に通っていた、十年以上安定剤など数種類の薬を服用していたのだ。結婚相談所に登録している時は、その事実が伏せられていて私は知る由もなかった。

新婚生活はSが独身の頃から住んでいる古びた住まいで始まった。

私は専業主婦で家にいるには一日があまりに長いので、ハローワークの求人を見ては、近場での仕事を探した。運転免許がなかったので、徒歩か自転車で通うつもりだった。

Sはとても金に細かい男で、食費を一万円とし、他、光熱費、日用品費などの生活費も五万円しか渡してくれなかった。

そうした話を母や同じく専業主婦の妹が聞きつけ、私を心配し、かなり怒ってくれた。食費が一万円はいくら節約上手な女性でも無理なはずだと。

しばらくして私は、子供を産んだら、彼は父親として男として頼もしくなって、私のことも深く愛してくれるのではないかと期待するようになった。

もともと結婚して温かい家庭を持つことが私の夢だったから。


Sは私が子供を産むことに渋々同意し、程なく私は妊娠した。

ところが、Sは以前婚約破棄した女性と、まだつながりを持っていた。私はそれを知ってショックだった。元カノに結婚したことを告げていないことに腹が立った。その件で、夫婦ゲンカが続いた。

そんな中、Sは職場でストレスを感じているということを語った。休日が終わる夜には、Sの様子が変わってくる。翌日の仕事のことを考えるとテンションが落ちるというのだ。

その後、車の中に大量の薬を隠し持っていることが判明した。そのことをSに問い詰めると彼は「結婚する時に、探偵でも雇って調べればよかっただろう」と言ったのだ。

私にはどうも、病んでいる人を寄せ付けるパワーがあるのではないか、と振り返って思う。

Sのストレスの原因は、上司にあたる人のパワハラらしく、Sはその時明らかに病んでいた。私のお腹は大きくなってくるのに、Sは常に被害妄想でいっぱいで、上司の弱みをつかもうと企んでいた。

私は精神的に振り回された。

ある日の夜中、Sの上司の自宅でタイヤをパンクさせるという工作をするために出かける、というので、仕方なく付き添った。

ある時は彼は、母親の「武勇伝」の話をした。

母親が辞めた職場に寿司を送りつける嫌がらせをしたらしい。それを「武勇伝」だと思っているSの気がしれなかった。笑える。

人は見かけだけではわからないものだと実感した。

だが、そんな私は、Sが端正な顔をしているので、それに見合うようにと、美容整形を受けてしまった。目頭切開と小鼻を小さくする手術だった。

今考えると、結局、Sとの関係は自分に容姿のこだわりがあったからこそ招いた不幸でもあった。良い思い出もあったが、嫌な記憶のほうが多い。

その後、Sは夫婦ゲンカをすると実家に逃げ帰った。まるで小さな子供がいじめっ子にいじめられた時にするように。

私はお腹が大きいのに、自宅からかなり離れた大型ショッピングセンターに置き去りにされたこともある。この時は内心、もう離婚するしかないなと思っていた。

ピンチだった。私は実家から母にはるばる来てもらい、Sの実家へ一緒に駆け付けた。こういう時、母には味方になってもらい、助かった。

今振り返ると母には頭が下がる。感謝しなくてはいけない。こうしてなんとか離婚することなく、お産までいくばくもなくなった。私は普通分娩で産むつもりだった。

今考えるとなんてことをしていたんだろうと思うが、妊娠中に湖のほとりを何キロもウォーキングに出ていた。お腹は張るが出血などなかったので注意することができなかった。


妊娠後期に異常が見つかり、検査入院することになった。Sは毎日のように病院に通ってくれた。何故その時には感謝ができなかったのだろう。見舞うのは当たり前のことだと思っていた。

お産の直前は母と大ゲンカした。妹がベビー用品を譲ってくれることになっていたが、お産が近いのになかなか送ってくれず、私がそれを咎《とが》めると母が妹の肩を持って怒ったのだった。

以前から、母が自分と差をつけて妹にいい顔をするところが気に入らなかった。母を憎く思った。何故、自分の子なのに姉妹で差をつけて扱うのか。私はこんな女のような母親にはならない。過保護で過干渉で子供を苦しめたりしない、と心に誓った。お産までの間は実家にいるつもりだったが、この件でまたSが一人でいる自宅に戻った。

お産の入院前日に不正出血があり、お腹が痛くなったので病院に電話し、夜中に家族で駆け付けた。羊水が足りないということで、急遽帝王切開で産むことになった。麻酔はしたが、お腹にメスが入る感覚はあった。手術中、医者同士が軽く世間話をしていて、お産の手術とは意外とシリアスではないのだと思った。

子供は女の子だった。低体重だったが、割と元気なので、順調に母乳をあげる練習ができた。

しばらくして、無事に娘と退院することができた。娘のために編んでいた毛糸のベビー服は、娘が小さすぎて着せるとスカスカだった。

お産の後、しばらくは母子で実家の離れで寝起きしていた。一日中、母乳とミルクをあげ、オムツを替えてあげ、の日々……。娘は可愛かったが、育児のストレスを感じた。ストレスのはけ口がなく辛かった。家事で気を紛らわせれば、少しは違ったのかもしれない。でも結局実家は母が仕切っているので、自分の家ではなく、一度は自宅に戻った。

しかしSはマイペースで育児に協力的ではなく、別居することになった。別居期間を合わせて、初婚は二年九カ月で終わった。

いろいろと考えて、離婚の際、公正証書を作成した。後に養育費の件でもめたので、これは良いことになった。

財産分与ということで百万円分けてもらったので、娘の学資保険として積み立てた。

娘は夜泣きがひどく手がかかった。母が代わりをしてくれたので、夜寝ることもできた。

ただ母は専業主婦として日々家事をしていて、私は子供の面倒に向き合うことしかできず、気分を晴らせなかった。車の運転ができれば事情は変わっていただろう。

そんな中、私は簿記二級の資格を取るため、勉強していた。勉強は公務員試験以来の試みであった。

娘はなかなか昼寝をしてくれなかったので手こずった。早く保育園に入れて自由な時間を手に入れたかった。

そうした中で、Sが養育費を払っているのだから娘に面会する権利があると主張してきたので、会わせることになった。会わせている間、Sが実家に上がり込むことがあったが、その頃私は母との諍《いさか》いや、父も父で私たち親子を車に乗せないなどの意地悪をしてきて、父が嫌いだったので、再び実家を離れたい一心で別れたSのところに転がり込んだ。

その時娘は二歳だった。髪も伸びてとても可愛く成長していた。

私はとりあえず元夫のところに身を寄せたが、自身で仕事をして娘と暮らす環境を探す努力はした。でもなかなか保育園との兼ね合いで、現実的に母子で暮らせる状況ではなかった。Sはある日、私が扶養手当をもらっているうえに、高い養育費を自分からせしめていると言ってブチ切れてきた。もうここでの生活も潮時かと思ったが、絶対に実家には帰りたくなかった。私はSに恐喝ともとれる電話をして、それを録音され、警察がやってきた。

結局私は娘を連れて、実家に舞い戻ることになった。

本当に嫌だったが仕方なかった。

そこから私は再び出会いを探し、再婚して、実家と決別したいと思うようになった。母も何を思ってか、私が結婚相談所に入会することに反対しなかった。

その頃ではさすがに、私がどんなに自立したいか理解するようになったのだろう。

お見合い相手とは何回か子連れであったりもしたが、なかなか条件的に気に入る相手はいなかった。そうするうちになんとか娘を保育園に入れることはできたが、娘は昼寝の時間に眠れないことや、いじめにあったりなどで、だんだん登園拒否するようになった。

その頃、ネットで知り合って話をするうちに仲良くなったのが、今の主人である。私より五歳年下だった。

最初、電話で話をした時の印象は朗らかないい声だったので、すごいイケメンという感じだった。プロフィールにも長身で体格はがっちり系とあったので、勝手にすらっとしたイケメンを想像していた。本当に相変わらず面食いである。

そうこうするうちに、散歩してくると家には言って、主人に会いに出かけた。

一目見て私はがっかりしたのを覚えている。好みでないメガネ系男子で、長身ではあったが、お腹が出ていて、私のタイプではなかった。

主人のほうは私に好印象を持ってくれたようだった。次に会う約束をして、毎日メールや電話をしあうようになった。

私はこの男性なら私たち親子を受け入れてくれると手ごたえを感じていた。子供は好きだということ、主人はバツイチだが子供はいないこともちょうどよかった。また、私が一番主人に魅かれたのは、私が保育士とのトラブル——娘が保育園でいじめを受けていても、何の対処もしてくれないということ——に対して、相談に乗ってくれて、親身にアドバイスしてくれる優しさだった。娘の障害について興味を持ってくれたことも嬉しかった。

主人とは小説などの趣味も合った。良い本を勧めてくれたので、私は借りた本を合間に読んだ。

主人と出会う前に二人ほど、男性と関係を持っていた。

そのうちの一人には騙されて、妊娠と中絶を経験した。

またもう一人は七歳年下だったが、本当の恋愛といえるつきあいだった。その人の見た目も好みだったし、一緒にいて居心地が良く、体の相性も良かった。

それほど何度も会っていた訳ではなかったが、私は本気だった。ただ、私がかなり年上だったし、子連れで今すぐ結婚するのは無理だろうと、その恋をあきらめた。とても辛い決断だった。

私は今の主人と再婚することを心に決めた。たぶんツインレイ（この世に存在するたった一人の運命の相手）だと思う元カレには、再婚のことは事後報告になってしまった。

正式に主人と結婚する前に、母と大ゲンカし、その流れで主人の住んでいる一人暮らしの寮に転がり込んだ。幼い娘とともに。母とはもうこれきり縁を切るつもりだった。

いつまでこの女に自尊心をねじ伏せられなければいけないのか、私はもう限界だった。どうせ子供を抱えて行く当てもないだろう、とこの両親、とりわけこの母親は私を小ばかにしている。私の自尊心やプライドを踏みにじるこんな環境に、もうこれ以上いてやるものかと憤りを感じていた。

この母親とは成人した後、三十路を過ぎてもつかみ合いの激しいケンカをしている。私はこの同性の隠された偽善や二面性が嫌いだった。

こうして三十七歳で再婚することになった。娘は五歳だった。

娘は同じ市内の保育園に入ることになった。一日数時間でも、手が離れることは嬉しい限りだった。

主人はとても良い人で、娘のことも自分の子供のようにかわいがってくれて、ありがたかった。

それから2DKの借家に引っ越し、それからまた別の場所に引っ越したので、経済的に全然余裕がなかった。

この頃、まだ元カレとは秘かに会っていた。

元カレは車を走らせ、はるばる会いに来てくれた。不倫の関係になっても元カレは「ずっとそばにいるから」と言ってくれた。

私は彼に会うと一生離れたくない思いに駆られ、恋しい思いと辛い気持ちでいっぱいになった。元カレといるととても居心地が良かったし、自分がちゃんと大事な存在、大事な女性として扱われている気持ちを味わえた。

彼とは男女の関係においても相性が良かった。

うつ病と娘との別居

その頃、精神障害のある娘中心に生活がまわっていて、私は自身の社会不安障害や対人恐怖症を隠し、過酷な日々を送っていた。

唯一無になれるはずの睡眠も、近所の高齢者や心ない住民の起こす騒音で邪魔された。精神的にも肉体的にも十分に休養がとれないことが辛かった。

悩みを周囲に打ち明けることができない状況が原因だったのか、いつしか肩こりや不眠といった症状に悩まされるようになった。

ある時父親に「お前はうつなんじゃないか?」と言われて、初めて心療内科を受診することになった。

私自身、まさかうつ病になるなんて、そんなバカなことはないだろうと、どこかタカをくくっていたが、まさしくうつ病を患っていることが判明した。

きっかけは初婚の相手まで遡ってもありうると感じた。常に心が振り回されて休まることなく悩まされることが多かったからだ。

私は病名がわかって、一人号泣した。私は自分自身の出しているSOSに気づけなかった。なんてかわいそうだったんだろうと思った。

でもどこかで、これで周囲に理解してもらえるだろうと、救われた気持ちになった。


それから寝付くために数種類の薬を服用するようになった。

夫は帰宅も遅く、私にべったりの娘の世話はワンオペで、私はストレスでかなりの甘いものとアルコール依存になってしまった。不眠もあって、どんな化粧品を使ってもアトピーっぽい肌は改善しなかった。それも私の悩みの一つだった。

二〇一一年三月十一日、東日本大震災の年に、M市でも大きな地震が起き、娘はその夏休みから実家近くの小学校に転校させた。それまで週末には実家で娘を見てもらうことが続いていたが、すでに私は育児に限界を感じていた。娘は三歳の時にアスペルガー症候群と診断されて以来、ちゃんとした検査を受けていなかった。

娘は泣いたり笑ったりが激しく、私と母はたびたび統合失調症を疑った。主人はその年の夏休みからは自宅で一人でそのまま暮らしていたが、夜遅くまで働いていて、私の育児の悩みに向き合ってくれなかった。私のイライラは募った。

娘をどうにかまともに育てなきゃという焦りも加わって、夫を執拗に責め立てるようになっていた。

その頃の娘の支援クラスの担任が良い先生で、専門の寮に入れさせたほうがよいという話もしてくれた。児童相談所にいったん育児がこれ以上できないというていで、判断してもらうことにした。

私は一時的にでも娘を手放すことが辛かった。でも、娘の今後のためには心を鬼にするしかないと思って覚悟を決めた。娘の着替えとともに、手紙やぬいぐるみを児相に送った。

夫は仕事を辞め、実家近くの借家に一緒に住むようになった。仕事を辞めてまで私のことを大切に思ってくれたことはありがたかったが、いろいろな感情のすれ違いでケンカが絶えなかった。

ある時は夫に包丁を投げつけたこともあった。当時の私は情緒は不安定だったが、もちろん的は外して投げている。

私の中ではまだ理性は働いていた。

その年の冬、娘を実家に残し、私と主人は上京した。娘に別居する説明は主人がしてくれた。

この頃だったと思うが、一度父が私に「親不孝者」呼ばわりしたことを主人に告げたら、主人がきっぱり「そんなことはない」と腹を立てた様子で断言してくれたことがあった。

私はこの時、やっと本当に味方になってくれる人に出会えた気がした。

私のしていることは「悪」ではないのだと思えた。

新居は夫の働き口の寮だった。T県は田舎と違って近所の目も気にしないですみ気楽だったが孤独でもあった。あまりに寂しいので、ペットショップで動物を探した。

そこで「ここあ」と出会った。メスのモルモットで、一目で気に入った。ここあはナイーブな子だった。夫と夢中になってかわいがった。

ここあは私の友達であり、子供であり、同士だった。彼女のおかげで、病気で孤独な自分は救われた。

私はT県で良い精神科の先生と巡り会った。薬の説明も丁寧で、対人恐怖の相談にも乗ってくれて、助かった。

T県の暮らしはほとんど買い物にも出ずに引きこもりだったが、週末は主人と公園に出かけたりして楽しめた。モルモットやリスのいる動物園に行くのが好きだった。平日引きこもりの私は、休日に公園に行ったり、古着屋でブラブラしたりすることで解放された。

その頃、主人は一泊する出張や飲み会などが多く、私の気持ちはとても不安定になった。私一人だけではない。ここあに何かあったらどうするのか。私は危機感まで感じて、夫を責め立てた。なんとか出張をやめてくれないか、と。そしてよくケンカになった。

パニックになり、家を飛び出したこともあった。どこ行く当てなどない。それにしてもT県に友達どころか親しくできる相手が一人もいない。とても心細かった。それでも実家のあるN県にいた時ほどの生き辛さは感じなかった。だれも私に干渉してこないからだ。気楽という代わりに、一人孤独と戦った。

主人は朝出かけて、夜八時くらいに帰宅した。昼間の長い時間、ここあと戯れ、レンタルビデオで韓国のドラマなどを見たりして過ごした。

N県にいた頃、眠れない時期が長かったせいか、この時期、眠剤も服用していたため長い眠りにつけた。今までの眠れなかった分を取り戻すかのように。

夏休みはここあと主人と三人で、H町の温泉地に遊びに出かけた。私の好きな露天風呂付きのアンティークな部屋で、フレンチのコース料理を楽しめた。特に和牛ステーキとワインがおいしくて、大満足した。主人に感謝した。なんてありがたいんだろう、と。贅沢をさせてもらっていることを嬉しく思った。子供と一緒ではこんなにゆったりと食事や温泉を楽しめない。

ここあはナイーブな子なので、部屋の様子が自宅と違うのがわかり、あまりいつものように餌を食べなくて心配した。

その頃は人目が恐くて自由に出かけることができなかった私は引きこもっていて、体重も現在より十三キロも多かった。たまに散歩程度に歩くことはあっても、食欲がすごくてよく食べるので、なかなかダイエットできなかった。

置き換え系ダイエット、0カロリーゼリー、おからクッキーなど、手当たり次第挑戦したが、すべて効果はなかった。主人は優しくて、私のためによくコンビニやスーパーで、0カロリーゼリーを買ってきてくれたものだ。

実家にいる娘は、シルバニアファミリーにはまっていた。親の愛情をかけていないという引け目があり、それをたくさん買い与えていた。物をたくさん与えても、娘の心の隙間は埋まってはいなかったのだろうと、振り返って今は思う。

娘は日々私に送る手紙や絵、折り紙などのプレゼントを作っては溜めていき、年に一度か二度、私に会う際に全部渡してくる。その大量のプレゼントを会った目の前で見ろというので、私は神経がすり減った。

元気な現在と違い、当時の母親としての自分は落第点だったと思う。娘の思いを受け止めきれない、しんどいという気持ちでいっぱいだった。疎遠になった今となっては、娘になんてかわいそうなことをしたのだろうと思う。社会不安障害で対人恐怖症の私は、娘と公共の場で会うのはストレスでしかなかった。

どんなに娘を愛おしく思っていても、である。

ある時、遊園地に娘を連れて行こうという話があがったが、社会不安障害の私は水着で子供とプールに入るなんてとても無理に思え、なんで休みにどこにも連れて行かないのかと言い張る母ともめたことがあった。

うつ病に罹ったという際にも、この母親は全然娘の心の病に理解を示そうとしなかった。本当に大嫌いだった。娘と電話で話すことはあっても、いつからか母親とは直接話すことはなくなった。娘の世話についてなどのやりとりは、主人が代わってしてくれた。

主人は毎回、母の長い愚痴を聞かされて、さぞ嫌な思いをしただろう。主人に申し訳なかった。私に代わって娘を育ててくれることはありがたいが、自分を真に理解してくれない母親とは本当に縁を切りたかった。娘と会う時も主人に連れに行かせ、私は絶対母親と顔を合わせようとしなかった。いつかは電話で主人と話している母親に、聞こえよがしに「そんなに大事なら、孫を棺桶まで連れて行け」とどなったこともある。

以前に、自分が代わって母親にだってなってなってやると私に言い切った母親の顔が頭をよぎっていた。何が「代わりに母親になる」だ、あの女が憎くて仕方なかった。

私が三十代の頃にはいていたジーパンを一目見て、「私はそんな細いジーパンははけない」と言ってきたことがあったが、娘相手に何を張り合っているのだろうと思った。

変に鼻っ柱の強いあの女が大嫌いだった。プライドが高くて、よそには言わない愚痴を私の主人には平気で吐く。いい加減にしてくれと言いたかった。同じことを妹の旦那にできるのか、と思った。

主人はT県から会社の上層部の命令で、A県N市に転勤となった。私はかかりつけの病院が変わることもあって反対したが、無駄だった。嫌だったが主人についていくしかなかった。

N市に移り住んでからはN駅近くの精神科にかかった。現在のかかりつけであるその病院の先生は、親身に話を聞いてくれるが薬の説明をしてくれない。そこが難点だった。

障害年金はT県の頃から引き続き受給できるように取り計らってもらった。もうこれから異動はないだろうと、主人と相談して市内でマンションを購入することに決めた。十五階建ての新築マンションだ。

現在からすると五年前になる。マイホームの夢が叶ったのだ。ペットOKで3LDK。リビングも広く申し分なかった。

ここあはマイホームに引っ越しする前のある日、突然ケージから飛び出した。今までずっと一人でケージから出ることはなかったのに。主人曰く、「お嬢さん」のここあにこんな勇気があるとは思わなかった。

すでに五年生きていたここあは高齢だった。モルモットの寿命は長くて八年だった。ここあはある夜、リビングのケージから飛び出して、隣の部屋の私たち夫婦の寝ている布団の周りをうろうろ歩いて面白かった。

いい思い出である。主人はふざけて「ここあ、お姉さんと一緒に布団で寝ようか」と言っては私を笑わせた。いくら可愛くても寝る時に布団に入れたら、誤って踏んづけそうで怖かった。

マイホームに引っ越した後は、ここあはケージから自分のタイミングで飛び出て、床を歩き回り、またしばらくしてから入り口から駆け上ってケージに戻るという大技をこなしていた。

今から思うと、ここあもこのまま小さなケージの中の世界だけしか知らないのは嫌だ、この人生、いやモルモット生、もっと広い世界を知りたいと思ったのだろう。

そのうち快腸だったここあもふんが出なくなり、餌も食べなくなったりしたので、病院で注射を打ってもらい、薬をもらって看病することになった。

お腹の調子が良くなるようにと、市販の整腸薬を水に混ぜてスポイトで飲ませたりした。

だが、看病もむなしく二〇一七年十月十日、ここあは誰もそばにいない間に亡くなった。

私が目を離した隙に、一人苦しい思いをして逝ってしまった。慌てて駆け付けた時、ここあの体はまだ温かかった。でももう痛い注射をさせたり、辛い治療はさせたくないという思いがあり、私はここあをそのまま悲しく見送った。主人に泣きながら電話を掛けた。

ここあは亡くなる前に私に異常に甘えることがあって、なんとなく何かあるのかなと覚悟をしていたところもあったが、ここあの死はとても切なく、辛かった。

その後、娘が何かの折に、最愛の家族のここあのことを「あのネズミ」と呼んだので、内心、「ああ、娘は私の娘ではない、本当に大嫌いな母親の子供になったんだ」と思い知らされた。

ネズミ……、いかにもあの女が言いそうな言葉だ。

二人とも敵に思えた。敵……。そして「断絶」。

その思いはここあが亡くなってから、どこかで予想できていた。

それから娘と会って出かけることはあったが、娘は楽しそうではなく、その後は主人と話して、私も疲れるし、本人が仕方なく会うようであれば無理に会わないでいいじゃないか、会うのであれば、N県とA県の中間地点で会うことにすれば、という結論に至った。

その頃、母親が送金してくれと言ってきた。孫の名義の積み立てをしたいのかもしれないが、こちらは家のローンや車のローン、二代目モルちゃんを飼っていたので、経済的に余裕はなかった。

私は障害年金を積み立て、まとまった金額にしてから本人に渡そうと思っていた。昔からそうだったが、私の母親が手作りのものにこだわっている影響で、娘は私から手作りでないプレゼントをしてもあまり嬉しそうな感情を示さず、何かとこちらから送る気力がなくなっていた。娘が一方的にだらだら話す長電話につきあわされるのも、嫌気がさしていた。そのうち娘の反抗的な態度をまのあたりにして、もう、娘と関わりを持つことをやめた。

母親は反抗期だから……と言うが、私に対する反発の他に、祖母の私に対する負の感情が孫にも影響しているのだと思った。

「自分自神」という生き方

そうこうしているうちに、いつしかここあが亡くなった時に感じた、この二人は敵なんだと思う気持ちが再燃してきた。

もういい。母親、娘ともども切り捨てよう。仕方ない。

どんな肉親だって、私の大事にしている存在をバカにし、私自身の自尊心を傷つけ、踏みつけてくる人間はもはや私の敵なのだから。

今まで悩んできたが、この頃、四十代半ばを過ぎて、Mという人気スピリチュアルユーチューバーの存在を知った。

私たちは誰もが唯一無二で神様からの分けみたま（御霊）。あなたも私も神様の一部である。という考え方、自分自身は「自分自神」なのだということ、この人生、自分が主人公なのだと改めて思えたことで、自分を大切に思ってくれない人間、もしくは波動の低い愚痴、不平、不満、泣き言ばかり言う人間とは距離を置くしかない。

または自分の足をひっぱったり貶《おとし》めるような人間とは縁を切ってよいという考え方や話をする占い師さんに出会い、妙に腑に落ちる気がした。

そこで私は母親、また娘にも「二人とも他人としか思えないから縁を切る」と言って、もうやりとりは一切しないことを心に決めた。

これまで長く悩んできたが、悩むことは終わりにした。

母親に育ててもらった恩や何度もピンチを救ってくれたことへの感謝の思いはあったが、それよりも子供と言えど、別個体の一人の人間であり、自由な魂の持ち主であるのにそれを認めようとしない母親を私は許せなかった。

そして私の娘も自分の味方につけた母親のことが憎かった。

だから私は母親との決別を選んだ。

今は娘と電話はもちろん、ラインもしていない。主人の母、姑が最近肺がんで亡くなったことで思うことはあっても、私はこれから先の余生、自分を最大に大事にして、自分を愛していきたいと思う。


今までできなかったことだけれども、自分に優しく、自分をたくさん愛してそうしていれば、自然に周りの大切な人間、生き物にも愛情を分け与えることができ、周りも幸せになっていくものだ。

それが人生で波動高く生きていく（当たり前のものだと思うことや小さな幸せにも感謝できる心の状態で生きる）ということ。

身近な今あるものに、感謝して生きること。

自分をたくさん愛すること。

自分を否定しない。また否定する人間から自分を守ることがどんなに大事であるか、やっと理解できた。

また同じく、今この瞬間、家族に責め立てられている人や、自尊心を傷つけられて孤立している人など、苦しい状況にいる人々に向けて、伝えていきたい。

自分の辛いことが多かった半生を打ち明けることで。


最近見た映画のタイトルさながら「生きてるだけで、愛。」なのだということ。

また人は本来生まれながらにして自由な存在だということ。

神様が創られたこの世界には、そしてその世界の一部である私達自身にも何一つ無駄なものはなく完全無欠である。

テントウムシのような小さな存在から私たち人間一人一人まで本来は完全無欠で素晴らしい可能性を持っている。


あなたの神性（仏性）を信頼し、大自然と結ばれた無限の力を解き放とう。

そうすればあなたは自由自在の存在となる。私もあなたも何にも縛られることはない。

自由で生きているだけで愛される存在なのだということを。

そしてシャンパンタワーのように、まずは自分のグラスに愛を注いでいこう。

私はこれからも伝え、追求していく。愛と自由について。

おわりに

親子であっても、恋人やパートナー同士であっても、互いを尊い存在だと認識し、尊重できないのであれば、愛といえどもその中にはエゴがある。

自分自身は自分自神であるとし、自己愛を高め、もっと自由でありたい。

自分や目に見えるすべての存在は尊い。そう一人一人の意識が変わることで、小さな争いが減り、平和に繋がっていくのではないかと信じている。

すべてはコントラストである。

闇があるから光がわかるし、悪役がいるから主役が引き立つ。

私の人生には嫌だと思った人がたくさん登場したが、その人々がいなかったら、現在の平穏な生活が、いかに幸せかとか、過去出会った方の優しさが、とてもキラキラして思い出されるということはなかった。

今回作品を執筆するにあたり、尽力頂いた、深澤様、稲村様ほか幻冬舎ルネッサンス編集部の皆様に、深く感謝の意を表する。

【著者紹介】
月影メイサ（つきかげ めいさ）
1971年生まれ。地方の山あいの町に生まれ育つ。人間関係に苦しみながら社会生活を送る。社会不安障害、うつ病を経験。近年スピリチュアルに目覚め、ライトワーカーを自負している。

自分《じぶん》を崇拝《すうはい》できたとき、
本当《ほんとう》の愛《あい》と自由《じゆう》に気《き》づいた

2023年1月27日　第1刷発行

著　者　　月影メイサ
発行人　　久保田貴幸

発行元　　株式会社 幻冬舎メディアコンサルティング
〒151-0051　東京都渋谷区千駄ヶ谷4-9-7
電話　03-5411-6440（編集）

発売元　　株式会社 幻冬舎
〒151-0051　東京都渋谷区千駄ヶ谷4-9-7
電話　03-5411-6222（営業）

印刷・製本　中央精版印刷株式会社
装　丁　　弓田和則

検印廃止

Printed in Japan
ISBN 978-4-344-94344-5 C0095
幻冬舎メディアコンサルティングＨＰ
https://www.gentosha-mc.com/